EPÎTRE

EN VERS

A M. L'ABBÉ DE LA MENNAIS,

SUR

SA LOUABLE INTENTION DE RÉUNIR A LA COMMUNION ROMAINE TOUTES LES SECTES CHRÉTIENNES.

SUIVIE

DE NOTES ET OBSERVATIONS.

Juillet mil huit cent dix neuf.

PARIS.

IMPRIMe DE Me JEUNEHOMME-CREMIÈRE,
rue Hautefeuille, no 20.

AVERTISSEMENT.

L'INTENTION de l'auteur de l'*Epître* suivante, adressée à M. l'abbé de la Mennais, ne peut être suspectée.

Il professe le plus grand respect pour l'Église Romaine et pour son vénérable chef. Il n'a point manqué à l'obéissance qu'il devait à l'Auguste famille, rentrée, en France, dans desd rits qu'elle ne pouvait jamais perdre.

Le bienfait de la charte n'a fait que confirmer dans son cœur, les sentimens de reconnaissance que lui avaient inspirés l'abolition de la torture, l'affranchissement général des serfs, et les autres faveurs dont les Français avaient été comblés par le vertueux Louis XVI, ce roi martyr de sa foi, de son amour excessif pour le peuple qui révère et bénira éternellement sa mémoire.

L'histoire, juge lent et tardif, mais impartial, en les faisant connaître, condamnera à l'infamie d'un supplice éternel les véritables auteurs de sa mort, dont quelques-uns de ceux, appelés, à juste titre, régicides, n'ont été que les instrumens passifs.

S'il a la plus grande estime pour les talens et pour le caractère de M. de la Mennais, qu'il ne connaît point personnellement; pour ses écrits, sur-tout le dernier, mentionné dans la livraison du *Conservateur* du mois de juin 1819, tendant d'une manière trop visible, quoique très-habilement présentée comme le résultat des idées de Bossuet et de Leibnitz, à établir une sorte de suprématie des Papes sur les Rois, à ramener des principes qui n'ont jamais pu s'introduire en France, il a pensé qu'il était utile de rendre publiques, les diverses réflexions que la simple lecture de l'extrait de ce *Conservateur* lui a fait naître.

Un écrivain a tout récemment traité en prose, cette question de la plus haute importance : sans doute ; il n'aura pas eu de peine à renverser le système religieux de M. de la Mennais, et à démontrer le but réel que ce dernier se proposait. Son ouvrage n'étant point encore parvenu dans le fond de la campagne, où je vis retiré, seul et sans ucuns livres polémiques, je n'ai pu en faire sage dans mon *Epître*.

Les principes d'après lesquels le *Conservateur* st rédigé sont connus : il n'y a point à craindre u'avec la Charte, ces principes prévalent sur esprit des Français éclairés, qui apprécient de lus en plus, chaque jour, les avantages publics t particuliers que ce monument d'un roi, mûri ar l'expérience des années et des malheurs, eur procure.

J'ai insisté, peut-être un peu trop longuement, ur les abus qui existaient dans l'ancien ordre de hoses, relativement aux priviléges du noble ou aut Clergé, au grand nombre de Moines, de Béféficiers, d'Abbés, qui possédaient un tiers des proriétés territoriales et les dîmes.

J'ai peint, avec des couleurs qui auraient pu tre plus vives, la Simonie, le droit d'Annates, a Vénalité, les échanges et résignations à titre néreux, la Vente ou plutôt le Trafic des bénéices ecclésiastiques, etc.

J'ai dit très-peu de choses sur l'orgueil, le luxe et les folles dépenses de quelques Prélats, Bénéficiers d'autrefois : j'aurais pu ajouter à cette légère esquisse.

Mon but n'a pu être de calomnier les Ministres de l'Église Romaine. Les ennemis les plus reconnus de cette Communion, tous les Philosophes, ont rendu, malgré eux, justice à la vie exemplaire, au zèle éclairé et soutenu du Clergé français, qu'ils ont proposé pour modèle à tous les prêtres de l'Europe.

Je désire, non moins sincèrement que M. de la Mennais, que toutes les sectes chrétiennes n'aient qu'un seul et même dogme, qu'une seule et même discipline, et conséquemment qu'un seul et même chef. Si donc je me suis plus particulièrement attaché à présenter les difficultés de cette réunion qu'à développer les abus du régime féodal ; si j'ai paru indiquer quelques-unes des suites dangereuses qu'entraînerait cette réunion ; si j'ai prononcé les noms d'Inquisition, de Saint-Barthélemy, etc. ; si j'ai légèrement appelé l'attention sur le rétablissement public des ordres religieux je ne l'ai fait que pour prémunir les esprits contre les principes qui paraissent diriger les personnes d'ailleurs estimables, que l'on appelle des *ultra*, ans doute parce que leur trop grand zèle pour e bonheur de tous, semble les porter au-delà du ›ut de la Charte.

Un écrivain faisait observer récemment, en endant compte d'un ouvrage qui paraît, en ce noment, sur les causes de l'établissement du *ré-;ime féodal* en France, que l'origine, les vices et es abus de ce régime, une fois bien connus, les ffaires relatives à la religion n'occuperaient pas ong-temps les esprits.

Il semblerait qu'il ne devrait y avoir aucune connexité entre le régime féodal et le régime re-igieux. Ce qui se passe sous nos yeux prouve le contraire. La Noblesse ancienne, et le Clergé, an-cien sans doute, suivent la même route, quoi-qu'ils paraissent marcher par des sentiers bien distincts et même opposés.

Laissons ces matières graves, qui ne sont guère susceptibles des ornemens de la poésie. Rappor-tons-nous en, sur les affaires du clergé, aux lu-mières d'un roi, législateur sage et expérimenté : l sait mieux que nous ce qu'il nous faut.

J'ai établi, dans quelques endroits, une espèce

de dialogue, pour tâcher d'éviter une monotonie qu'un pinceau plus savant et plus exercé que le mien, aurait eu peine à ne pas présenter dans un sujet qui ne peut ni égayer ni récréer les esprit.

Ces endroits sont indiqués par des guillemets.

Puissent ces premiers essais que j'offre au public, être accueillis favorablement ! puissent-ils sur-tout, être lus dans des intentions aussi pures que *celles qui ont guidé* ma plume.

EPÎTRE.

CONCILIER à Rome et Luther et Calvin (1),
Réunir sous le joug du Pontife Latin,
Et le Russe et le Grec, le Danois, l'Anglais même;
Réaliser enfin le bienfaisant système
Du bon abbé Saint-Pierre (2); eh! oui, cher la Mennais,
C'est bien là le moyen de vivre tous en paix.
Deux grands hommes (3) jadis en eurent la pensée:
Tu juges, d'après eux, la chose fort aisée;
Tu veux que l'on t'écoute, et tu prédis aux rois
Que s'ils ne marchent pas sous l'étendard du Pape,
Ils seront tous perdus; qu'abusant de ses droits,
Chaque peuple, à son tour, détruira son Satrape.
A quoi tendent ces cris et d'alarme et d'effroi?
Nous te connaissons bien, grand pilier de Sorbonne (4),
Toi, les tiens, tes pareils: parlez de bonne foi!
Vous ne pensez qu'à vous et vous n'aimez personne.
Vos titres, vos cordons, vos grands biens, vos honneurs.
Voilà ce qu'il vous faut, à vous Conservateurs (5),
Qui, pour tout conserver, songez à tout détruire;
Qui croyez renverser ce qu'un roi dut construire:
Vieux ligueurs déhontés que la raison aigrit,
Qui, pour tuer la charte, en commentez l'esprit.
Vous voulez l'ancien ordre, avec vos priviléges,
Vos parlemens sans frein, vos états, vos colléges,

Le ban, l'arrière ban, les Suisses, les Grisons,
La corvée et vos chiens (6), vos castels, vos prisons.

De la religion empruntant le langage,
Vous pensez la servir en lui faisant outrage :
Vous fuyez la lumière : à des ignorantins (7),
Restes du bon vieux temps, confiant notre enfance,
Par eux seuls, dites-vous, l'on pourra de la France,
Sur de bons fondemens, affermir les destins !
De Lancaster (8), d'un mot, réprouvant la méthode,
Ce n'est, assurez-vous, qu'une funeste mode !

Allons, ferme, poussez, mes vrais amis de cour ;
Du bon temps d'autrefois hâtez-nous le retour ;
Replantez les carcans (9), ramenez la torture :
N'oubliez pas sur-tout une épaisse rôture ;
De remparts, de canons, entourez nos cités :
Donnez-nous plus de pairs, et moins de députés.
Des pairs ! des députés ! que dis-je ! eh ! pourquoi faire?
Des ministres futurs? mais vous n'en voulez plus,
Ou vous les choisirez : voilà tout le mystère.
Vous avez trop de pairs, ce trop est un abus.

A la charte rendant un hommage unanime,
De *Louis-Désiré*, notre roi légitime,
Tout Français bénissant la bienfaisante main,
Implore pour ses jours la sainte Providence :
Prêt à sacrifier, pour lui, son existence,
Il redouble ses vœux, ses hymnes ; mais en vain.
Vous autres ne voyez, dans cet accord sublime,
Que des souhaits impurs, que les hymnes du crime.

Tout peuple, sans le Pape, est un monstre en fureur
Qui doit, même à la Chine, inspirer la terreur.

Prêchez d'exemple au Peuple, et suivant l'Evangile,
Soyez unis à Rome, et laissez le tranquille.
Qu'il ne soit plus le jeu de vos prétentions!
Malgré vos beaux discours, vos protestations,
Il s'aperçoit très-bien que vos grands bénéfices,
Vos dîmes (10) et vos cens, vos charges, vos offices,
Sont le vrai but secret où tendent tous vos vœux.
Soyez riches et grands, et qu'il soit malheureux!
Qu'il expire de faim! pour vous, peu vous importe!
Quand vous vivez au large, il n'a besoin de rien:
Quand l'artisan est pauvre, il est bon citoyen!
Vous ne le dites pas; mais la noble cohorte,
Ces preux, qui comme vous, veulent des temps passés
Rétablir les bons *us* (11), par la charte effacés,
Pourquoi répandent-ils des alarmes si vives?
Tentent-ils de ronger, de leurs dents corrosives,
Les fondemens sacrés du temple glorieux
Qu'un petit-fils d'Henri, rendant son peuple heureux
Éleva le premier, pour servir de modèle?
Non, grand roi, tes bienfaits ne seront pas perdus:
Ils seront conservés, par le Français fidèle,
Ces titres et ces droits qu'il doit à tes vertus.

Eh! qui peut regretter cet antique régime?
Des chrétiens orgueilleux, qu'un zèle faux anime?
Ces abbés, de la cour achetant la faveur
Au poids de l'or, souvent au prix de la pudeur,

Qui, sans lois et sans Dieu, par un commerce infâme (12),
Vendaient au plus offrant et leur corps et leur âme:
Nageant dans l'opulence, à l'honnête indigent
A peine ils accordaient un coup d'œil indulgent.

De jolis Sigisbés (13), prêchant dans les toilettes,
Des Cagots, débitant de mystiques fleurettes,
Des chanoines vermeils (14), des prieurs fainéans,
Des moines gros et gras dont les pieds défaillans
Succombaient sous le poids d'une *bedaine* énorme,
Quelqu'abbesse titrée, et ceux que la réforme
Priva de leurs trésors, désirant ces grand biens,
Tâchent de rétablir, par de honteux moyens,
Un ordre qui nourrit l'orgueil et la paresse.

Mais ces pieux pasteurs que dirige sans cesse
L'amour seul du prochain, que l'on voit aujourd'hui
Du trône le soutien et de la foi l'appui,
Qui, choisis par Louis, ne doivent qu'à leur zèle
L'honneur de nous tracer la loi d'un Dieu de paix;
Ce Curé, du hameau la gloire et le modèle,
Baissant son humble tête, aura t-il désormais
A gémir, en secret, de l'immense distance
Qu'entre un évêque et lui mit la seule naissance,
Veut-on, comme autrefois, qu'on aille à Rome encor,
Par un trafic honteux (15), payer au poids de l'or
Le don d'édifier, de prêcher la morale?
Veut-on que l'intérêt, l'intrigue et la cabale,
Sans aucunes vertus, sans science et sans mœurs,
Au trône épiscopal élèvent les pasteurs?

Laissez agir Louis : sa longue expérience
Sait mieux ce qu'il nous faut que votre intelligence.
De l'église et l'état il connut les abus.
Quoi ! la religion, l'état, seraient perdus,
Parce que nos prélats, moins nombreux, plus utiles,
Sont obligés de vivre au centre de leurs villes,
Et qu'ils ne viennent plus, d'une Lamotte (16) épris,
Epuiser leur santé, leur bourse, dans Paris;
En demandant comment *un honnête homme en France,*
Avec deux millions, suffit à sa dépense.
(Le ciel s'occupe-t-il s'il se trouve ici-bas
Cent seize ou seulement quatre-vingt-six prélats.
Les a-t-on dépouillés de ce titre suprême
Qu'ils n'ont jamais tenu que de l'église même?) (*)
Notre roi vertueux, des droits français instruit,
Dans son code immortel n'a-t-il donc pas prescrit
L'honneur et le respect qu'on doit au chef visible
D'une société qui le rend infaillible ?

Non, dites-vous, sans Pape, un Roi seul ne peut pas
Innover, rétablir l'ordre dans ses états !
Avec vous, j'en conviens, pour le bien d'un empire,
D'ôter un diocèse ou de le circonscrire
Le pape a seul le droit : mais, soit dit entre nous,
De vos moyens secrets montrez-vous moins avare,

(*) Ces vers doivent être lus en place des quatre ci-dessus renfermés dans la parenthèse.

Se conserver le droit d'admettre, en ses états,
Cent seize ou seulement quatre-vingt-six prélats,
Au pape est-ce ravir la puissance suprême
Dont il doit rendre compte à l'église elle-même (**).

Les rois ont ordonné, pour l'intérêt de tous,
Que le pape reprît le sceptre et la tiare....
« C'est un grand pas de fait : cela ne suffit point. »
« La Tiare.. » Ah ! j'entends, il faut encor ce point.
Pour l'obtenir, l'abbé, que reste-t-il à faire ?
« Mais pas grand'chose:—Encor, dites-nous;—Presque rien.
« Tout le monde le sait; dans notre Europe entière,
« Le peuple, ou peu s'en faut, est à peu prés chrétien. (17)
« Si, par mes soins, les Rois adoptent la tiare
« Sur la tête d'un seul, et, par un accord rare,
« Que le Russe et le Grec soit docile à ma voix,
« Moi seul je crée alors un souverain des Rois.
« Pour un si grand service, il est juste que Rome
« M'appelle son sauveur, me proclame un grand homme;
« Et peut-être qu'un jour. » — Vous ne pensez pas mal,
Et dans peu vous serez pour le moins Cardinal. (18)

D'un plan, que j'entrevois, par quels moyens ensuite
Croyez-vous obtenir enfin la réussite ?
« — Ecoutez ! par la peur : en effrayant les Rois,
« Grossissant les dangers de leurs nouvelles lois !
« Ces institutions qu'on nomme libérales,
« Seront, je le prédis, à tous les rois fatales.
« Voyez! le mal déjà gagne de tous cotés,
« Et bientôt la Turquie aura ses députés,
« Ses chambres, son budjet, la liberté d'écrire,
« Et d'oser imprimer ce qu'on n'ose pas dire.
« De leurs trônes les rois ne sont plus possesseurs;
« Les peuples, par le fait, en sont les seuls seigneurs:
« Ils se mêlent de tout, ils réglent la dépense,
« Du moindre événement ils prennent connaissance.

« Les souverains n'ont plus que des titres, des noms,
« De stériles honneurs, des palais pour prisons.

« S'il faut à ce torrent opposer une digue,
« Quoi proposer de mieux qu'une pieuse ligue,
« Qu'une sainte alliance, où le trône et l'autel
« Se prêteront tous deux un appui mutuel ?
« Sur les âmes le pape exerçant seul l'empire,
« Au joug ancien des rois saura bien les réduire.
« Bannissant cet esprit de modération,
« Plus dangereux encor que l'irréligion ;
« Ramenant, par degrés, cette heureuse ignorance,
« Fondement assuré d'une longue puissance,
« Il soumettra l'Europe, et les rois redoutés,
« Sans obstacle et sans frein, suivront leurs volontés. »

Quel Monarque adoptant votre brillant système,
Ne craindra pas de voir renaître pour lui-même
Ces temps, où tous les Rois, au tribunal d'un seul,
Paraissaient à genoux et couverts d'un linceul ? (19)

« Oh ! c'est ici le fin de notre politique !
« Vous savez qu'au Japon, ou dans un coin d'Afrique,
« Deux rois régnent d'accord : l'un est roi temporel,
« Et l'autre est, nous dit-on, le roi spirituel.... »

Il suffit. Que *les rois, par un accord fort rare,*
Sur la tête d'un seul adoptent la tiare?
A ce chef faudra-t-il des appuis, des soldats?
« Des appuis, des soldats ! Eh ! n'en avons-nous pas ?
« Il s'en fait, chaque jour, dans le silence et l'ombre. (20)
« Les rois, par intérêt, augmenteront leur nombre.

« De Bernard, d'Augustin, des Vincent, des François (21)
« De Benoît, de Norbert, des pères de la Croix,
« De Dominique enfin, les nombreuses cohortes
« N'attendent que l'instant de voir ouvrir les portes.
« Sils ne suffisaient pas, on pourrait à ceux-là,
« Adjoindre, en peu de temps, les fils de Loyola.
« L'on assure, aujourd'hui, que déjà dans l'Espagne, (22)
« Par bandes, ces derniers vont battre la campagne. »

Comment pourront-ils vivre ? ils ne possèdent rien.
« Qu'ils entrent seulement, ils se nourriront bien.
« Laissez leur prendre un pied, ils en ont bientôt quatre. »

Vous avez, je le vois, les moyens de combattre,
De suivre un plan de guerre avec art combiné,
Et, dans peu, nous voici tous menés par le né.
Poursuivons, s'il vous plaît : enfin donc l'ignorance
Dans notre Europe entière, en fixant la puissance,
De la philosophie éteindra le flambeau :
S'il renaît un Luther, s'il renaît un Rousseau ;
Que ferons-nous alors ? dites, que vous en semble !

« Des Pères de Constance (23) en imitant l'exemple,
« Allumons les saints feux de l'inquisition. »

C'est un moyen. Mais quoi ! la persécution,
Loin d'éteindre, souvent augmente encor la flamme. (24)
Si tout un peuple en masse et se lève et réclame....

« Nous avons sous les yeux la Saint-Barthélemy : (25)
« Nous ferons ce qu'on fit aux insurgés d'Alby.
« L'on n'a point oublié partout les dragonnades :
« S'il nous fallait enfin de nouvelles croisades, (26)

« Les Rois intéressés à punir les mutins
« S'uniraient, de grand cœur, sous nos étendards saints.
« Nous n'aurons pas besoin, je crois, de leurs services,
« Quand pour nous veilleront nos constantes milices,
« Quand, par nos soins remis, du temple les Gardiens, (27)
« De Malte et de St.-Jean les généreux soutiens,
« Tous enrichis des biens de l'ordre Teutonique,
« Seuls pourront soutenir notre pieuse *clique*.
« Laissez s'exécuter nos faciles projets,
« Sans peine, nous tiendrons tous les peuples en paix.
« A nos ordres déjà sont les Missionnaires ; (28)
« D'Ignace les guerriers et tous les Doctrinaires,
« Viendront, en peu de temps, seconder nos efforts. »

Allons, j'en suis certain, nous sommes assez forts.
Ainsi qu'aux Grands, il faut au Peuple des Spectacles.

« Oh ! qu'à cela ne tienne ! il aura des Miracles. (29)
« Quelques *Auto-da-fé* (30) des Motets (31), des Sermons:
« De temps en temps, l'été, nous le promenerons,
« En chantant à deux chœurs, de village en village;
« Et de Jérusalem il lira le voyage. (32)
« Quant à la Bible entière, il ne la lira plus ; (33)
« D'elle, convenez en, sont nés tous les abus.
« Comment tolère-t-on, en saine politique,
« Cette société qu'on appelle Biblique ? (34)
« Illuminés obscurs (35) qui, par humanité,
« Sappent les fondemens de notre Chrétienté.
« J'estime mieux cent fois les hordes infidelles
« Que tous ces rénégats au Pontife rebelles.
« L'on devait étouffer ces monstres, en naissant.
« Leur nombre, chaque jour, malgré nous, va croissant.

« Répandant les poisons de leur doctrine impie,
« Soutenant l'étendard de la Philosophie,
« Dont, grâce à nous, l'Europe entrevoit les dangers,
« Ils impriment la Bible ! en pays étrangers
« La colportent gratis ! préparant des Séides
« Qui deviendront, plus tard, de nouveaux Régicides.
« Gardez-vous d'en douter : ces crimes inouis,
« Ces forfaits consommés sur Charles (36), sur Louis,
« Attentats dont jamais l'Angleterre et la France
« Ne pourront expier par trop de sang l'offense,
« Sur qui les rejeter ? sur l'esprit novateur,
« Qui, par degrés, engendre et le schisme et l'erreur,
« L'école de Lancastre, et ces lois, ces maximes,
« Qu'au lieu d'admettre, on doit punir comme des crimes.

« Si la Religion n'est une en l'univers,
« Tous les Rois ont beau faire, ils préparent leurs fers.
« Tant que chaque homme aura l'insolente licence
« De penser par lui seul, d'imprimer ce qu'il pense,
« Tant qu'il peut adopter, dans ses vains jugemens,
« Pour guide sa raison, pour régle son bons sens,
« *Pensant que rien n'échappe à sa débile vue,*
« *Son bon sens, sa raison, de clarté dépourvue,*
« Le pousse dans l'abîme, et de sa propre erreur
« Il est tout à la fois la victime et l'auteur.
« Sans un centre commun, sans notre sainte ligue,
« Sans un chef reconnu, enfin sans notre *brigue*
« Tout ce qu'on veut bâtir, sur le sable est fondé :
« Du peuple, en un moment, le torrent débordé
« Renversera des rois ces superbes ouvrages
« Auquels nos Libéraux prodiguent tant d'hommages. (37)

« Je le dis hautement, pour finir en deux mots,
« Sans Rome plus de Trône et jamais de Repos. »

Le zèle vous emporte, et votre politique
S'écarte beaucoup trop de l'adroite tactique
Qu'annonçait votre plan : ce plan, si bien conçu,
Ne peut plus réussir dès qu'il est aperçu.
S'il s'agissait ici d'une vaine dispute,
Je pourrais prolonger une trop longue lutte.
Il nous faut ramener le peuple au joug des Rois.
Pour que du Pape seul il écoute la voix,
Il n'est qu'un sûr moyen : Replaçons les Oracles
Ressuscitons des Morts, avérons des Miracles.
Que la raison se taise, et qu'une aveugle foi
Guide tous les mortels dociles à la loi.
Peut-être, alors, peut-être, au Sceptre Monarchique
Pourrons-nous réunir la verge despotique,
Remise aux mains d'Aaron (38) dans un temps qui n'est plus.
Mais pourquoi s'épuiser en efforts superflus ?

Le Dieu, dont le sang pur apaisa la colère
De son père offensé, descendit-il sur Terre
Pour partager des biens, des titres, des grandeurs ?
Ordonna-t-il à ceux qu'il combla de faveurs,
Sur le front des Césars d'affermir la couronne ?
Au ciel il la promit, et c'est là qu'il la donne.
Son Code, empreint du sceau de sa divinité,
Nous recommande à tous, union, charité.
Lui-même le premier, se présentant au temple,
Du respect pour les lois nous enseigna l'exemple.
Pratiquons ses leçons. Pour toi, cher la Mennais,
Unis les rois d'Europe et fais nous vivre en paix.

De ton génie heureux j'aperçois l'influence :
L'ignorance, à pas lourds, et se traîne et s'avance.
Je le vois dans les yeux de nos preux chevaliers,
Sur le front des badauds qui lisent nos papiers :
Elle vient de s'asseoir, en Robe Doctorale,
Sur les bancs d'une salle.. où ? Qu'importe la salle?
Ou salle de théatre ou bien salle de droit ?
Il suffit qu'on l'ait vue et désignée au doigt.
Entre nous, tu le sais, la charité n'est qu'une ;
Adieu, sois Cardinal, et surtout fais fortune.

NOTES.

(1) *Luther,* moine allemand, voulant, dit-on, se venger du pape qui avait concédé à des moines, d'un autre ordre que le sien, le privilége, très-lucratif dans ces temps-là, de publier des indulgences, se sépara de l'Église Romaine.

Il rédigea une nouvelle formule ou profession de foi Évangélique. Il supprima la confession auriculaire, les vœux monastiques, le célibat des prêtres, le carême, et toutes les pratiques qui lui parurent ou rigoureuses ou minutieuses, et qui, selon lui et les autres sectaires, ne se trouvent ni dans l'Évangile, ni dans les actes et épîtres des apôtres, mais qui sont de la pure invention des Papes.

La voie qu'il traça pour aller au ciel, est si large, si douce et si commode, qu'en très-peu de temps une grande partie des peuples de l'Allemagne, des Rois, des Princes, des Prélats même, embrassèrent cette doctrine, la soutinrent par les armes, établirent une religion, qui du nom de son chef est appelée *Luthéranisme*. On la nomme également *Protestantisme*.

Cette Religion, reconnue par la *Charte*, est particulièrement suivie dans l'ancienne Alsace et dans les autres parties des pays français qui avoisinent l'Allemagne.

Calvin, chanoine français, renchérit encore, si l'on peut ainsi parler, sur les principes de Luther. Il quitta ses bénéfices, sa patrie, se retira à Genève, où il publia une profession de foi, plus simple que celle de Luther.

Luther avait pensé que le peuple, comprenant les prières, les cantiques, les psaumes qu'il adressait à Dieu, lui rendrait un hommage plus agréable. Son rituel, ou livre de prières, fut donc rédigé dans sa langue. Au lieu de prier Dieu en mauvais latin, on le pria en bon allemand.

Calvin, né Français, fit prier Dieu en français. Luther avait conservé quelques formes, quelques cérémonies extérieures de l'Eglise Romaine. Ses temples ne sont pas sans décorations, ses chants, accompagnés par le jeu des orgues, annoncent une certaine pompe, une certaine majesté; ses ministres portent des vêtemens distinctifs de leur caractère.

Calvin réforma tout. Ses temples sont nus; ses ministres n'ont presque rien qui les distingue. Rien ne parle aux yeux: les oreilles et les cœurs doivent être nécessairement dirigés vers Dieu seul.

Cette religion, appelée du nom de son chef *Calvinisme*, autrement réformée, est également reconnue en France, où elle a beaucoup plus de partisans qu'il ne le semble.

(2) *L'abbé de Saint-Pierre* avait publié un plan de paix universelle en Europe: ce plan était appelé le *rêve* d'un homme de bien.)

(3) *Deux grands hommes.* Bossuet et Léibnitz avaient eu l'idée de réunir toutes les sectes chrétiennes. (Voyez *Correspondance de Bossuet.*)

(4) *La Sorbonne.* Maison et collége fondé par le cardinal de Richelieu. Là, dans les bâtimens qui existent encore, vivaient réunis en société les docteurs de la Faculté de théologie de Paris, connus sous le nom de *Sorbonnistes.* Ceux qui adoptaient la maison et le collége de Navarre, s'appelaient *Navarristes.* L'on donnait enfin le nom d'*Ubiquistes* à ceux qui n'étaient affiliés ni à la maison de Sorbonne ni à celle de Navarre. Parmi ces derniers, figuraient tous les moines docteurs. La Faculté de théologie de Paris, composée des bacheliers, licenciés et docteurs de ces trois espèces, était plus

généralement connue sous le nom de Sorbonne, du nom de Robert Sorbon, qui réunit tous les docteurs en un corps.

La Sorbonne est vivement regrettée par MM. les docteurs A. B. C. K. Q. et autres *Hybernois* qui ne manquaient pas d'y venir prendre leurs grades et puiser des lumières.

L'on traitait sur les bancs de ses écoles des questions très-délicates, telles que celles de l'infaillibilité des papes, leur suprématie sur les rois, sur les conciles mêmes, etc. La Sorbonne avait proclamé la déchéance de Henri IV. Un docteur de Sorbonne, Cauchon, évêque de Beauvais, présida à la condamnation de l'infortunée Jeanne-d'Arc.

Les thèses soutenues en Sorbonne fourniraient un recueil piquant d'anecdotes curieuses et récréatives. Il suffit de rappeler la fameuse thèse approuvée, désapprouvée, soutenue en 1740 et quelques années, par M. l'abbé de Prades, qui fut obligé de quitter la France.

J'ignore comment se soutiennent maintenant les thèses de théologie; si l'on agite, sur les bancs, les mêmes questions qu'autrefois; mais je suis persuadé qu'elles ne sont pas de nature à faire fermer les cours publics.

(5) Qui ne connaît *le* ou les *conservateurs?* Leurs feuilles périodiques voltigent partout : elles parviennent jusque dans les lieux les plus retirés et les plus privés. Leurs principes se propagent : ils produisent, disent les grands messieurs, des effets très-heureux sur l'esprit des campagnes, et même de quelques villes éloignées. Des Recteurs, des Curés, des Roturiers, des Vilains, lisent leurs feuilles et les comprennent.

Lisez, pour entendre l'esprit de la charte, l'œuvre de M. le vicomte de Chateaubriand sur la charte, et les livraisons du *Conservateur.*

(6) *La corvée et vos chiens.* L'on peut encore avoir des idées informes de la corvée par la manière adoptée en quel-

ques endroits, de réparer les chemins vicinaux : mais il y a du moins maintenant cette différence entre l'ancienne et la nouvelle manière de contribuer à la réparation des routes, c'est que les roturiers ou vilains qui n'avaient pas même de terres, avaient seuls le privilége exclusif d'être contraints par corps à ces réparations, et que maintenant ce privilége est commun à tous les propriétaires, gentilshommes ou vilains. Sans doute on veut qu'il n'y ait plus de privilége commun, mais seulement l'ancien privilége exclusif.

Par le mot *chiens*, entendez le droit de chasse, que ces messieurs regrettent : car pour leurs *chiens*, s'ils en font un peu plus de cas que des vilains, c'est en raison du plaisir qu'ils leur procurent.

(7) *A des Ignorantins*, Frères de la doctrine chrétienne, appelés autrement frères à quatre bras, frères à la grand'-manche, à grands chapeaux, frères de Saint-Yon. Les enfans de Paris, des grandes ou riches villes, les connaissent et les redoutent. Cette institution *amphibie*, moitié laïque, moitié monastique a été utile et pourrait l'être encore, si les frères, ou plutôt leurs chefs, quittaient leur routine, leurs préjugés, etc.

(8) L'utilité de l'enseignement mutuel est généralement reconnue. Comme cette méthode, qui peut encore se perfectionner, abrège et facilite l'instruction, elle effraye ceux qui redoutent les développemens rapides de l'esprit et de la pensée.

Je n'ai plus sous les yeux une ancienne édition des œuvres de Montagne, à la suite desquelles se trouvent les réglemens du collége d'Aquitaine où ce profond penseur fit ses études. Ceux qui ont lu ces réglemens jugeront si l'on doit faire honneur aux Anglais, de l'invention de cette méthode : ils l'ont du moins mise en vogue et en pratique ; et c'est beaucoup.

(9) *Replantez les carcans*, etc. Les carcans ou piloris ne

sont plus de mode que dans les pays circonvoisins. Quant à la Torture, j'ignore si elle est encore en usage dans quelque coin barbare de l'Europe, si l'on veut ou si l'on doit l'y rétablir; mais je prie le lecteur de ne jamais oublier que l'abolition entière de cette forme atroce d'obtenir, d'un prétendu criminel, ou même d'un criminel reconnu, des aveux quelconques, est due en France au vertueux Louis XVI, à ce roi martyr, victime de sa bonté et de son amour pour le peuple. N'eût-il que ce seul titre à notre souvenir, à notre reconnaissance, sa mémoire sera bénie éternellement.

(10) *Vos dîmes :* Les ecclésiastiques prélevaient de droit-canon sans doute, la dixième partie de tout ce que les terres des *Vilains* produisaient chaque année. Ceux du bon temps d'autrefois n'étaient ni plus zélés ni plus religieux que les Ecclésiastiques de nos jours, mais ils étaient plus riches. Aussi ces derniers, assure-t-on, regrettent les dîmes.

Le plus infortuné de tous les Ecclésiastiques, *en activité*, retire de sa place un revenu annuel de plus de 700 fr. La preuve en est acquise, ainsi que l'a fait observer publiquement, même à la tribune, un grand et vénérable *personnage* dont, par respect, je m'abstiens d'écrire le nom. Tous les pères de famille, en France, sont bien éloignés de se faire un pareil revenu; si donc, comme on veut le faire croire, des Ecclésiastiques nourrissent l'espérance de rentrer dans ce droit, c'est, sans contredit, pour se conformer au dernier commandement de l'église, *Espagnole du moins,* (entendons-nous) qui contient expressément l'obligation de payer la dîme.

L'on peut se convaincre de l'existence de ce dernier commandement de l'Eglise Espagnole, en lisant le *Cato*, espèce d'A B C, ou livre élémentaire à l'usage des enfans Espagnols. J'ai eu occasion de remettre un exemplaire de ce petit livret, dont l'impression est très-récente, à un libraire de Paris.

(11) *Rétablir les bons us.* Terme consacré pour signifier

les anciennes coutumes, les anciens usages et droits tant regrettés.

(12) *Qui sans lois et sans Dieu, par un commerce infâme*, etc. La simonie, la vénalité, les résignations à titre onéreux, les échanges, pour ne pas dire les ventes des bénéfices, étaient, au mépris des lois divines et humaines, presque publiques.

(13). Sous le nom de *Sigisbés*, l'on désignait ces êtres Amphibies, qui, affublés de la livrée Ecclésiastique, se *faufilaient* dans les sociétés et dans les cercles. Ils n'avaient d'un abbé que l'extérieur et la toilette.

(14) *Des chanoines vermeils*, etc.

Nous possédons encore des chanoines; mais leur institution, conforme aux principes les plus purs, rappelle les premiers temps de l'église, où les personnes les plus distinguées par leur âge, leurs lumières et leur expérience formaient le conseil des évêques : les chanoines actuels forment encore ces conseils, et le *choix* répond à leur noble institution.

Quant aux prieurs fainéans, aux moines gros et gras, aux abbesses titrées, ils ont disparu : espérons, pour qu'on puisse me comprendre, qu'ils reviendront.

(15) *Par un trafic honteux, etc.*

Pour jouir des revenus d'un évêché, d'une abbaye, d'un bénéfice royal, etc. il fallait envoyer à Rome une année entière de ces mêmes revenus, ce qui faisait sortir annuellement de France des sommes considérables en numéraire, appauvrissait le royaume, enrichissait les ultramontains.

(16) *Et qu'ils ne viennent plus d'une Lamotte épris, etc.* J'aurais dû mettre surpris : car il paraît que ce n'était point de madame la comtesse de Lamotte, mais bien, à ce qu'on publiait alors, d'une auguste, très-vénérable et très-infor-

tunée Dame, que le Cardinal de Rohan était épris. Ce Cardinal, surnommé, depuis cette aventure, le cardinal Collier, fut la dupe d'une intrigante : on lui attribua, peut-être à tort, la demande textuelle dont il est ici question.

La comtesse de Lamotte fut fouettée et marquée dans la cour du Palais, par sentence du Parlement. Une dame ou demoiselle d'Oliva, qui existait il y a peu d'années à Paris, et qui peut-être existe encore, figura dans cette affaire, dont on peut prendre une idée dans les factums et mémoires imprimés à une époque qui n'est pas très-reculée des orages de la révolution.

(17) *Est à peu près chrétien.* Un des préjugés invétérés dans l'esprit du peuple, particulièrement de celui des campagnes, c'est que les luthériens, les calvinistes, autrement les *huguenots*, ne croient ni en Jésus-Christ, ni même en Dieu. *Ils ne vont point à la messe ; ils ne sont donc pas chrétiens*, disent-ils ; ils ne peuvent croire que l'Europe, pour ainsi dire entière, ne suit d'autre loi que celle de l'évangile, donnée pas Jésus-Christ.

Sans la partialité, la sévérité, pour n'ajouter rien de plus, de quelques pontifes, le Pape n'eût peut-être jamais cessé d'être le premier comme le plus respecté des souverains. Les Luthériens et les Anglicans pourraient en convenir.

(18) *Et dans peu vous serez pour le moins cardinal.* Les Cardinaux tiennent, immédiatement après le Pape, le premier rang dans l'Eglise Romaine. C'est parmi eux qu'il est élu : ils ont seuls le privilége de le choisir, de le nommer et de l'installer. Leur création est moderne; l'on a beaucoup écrit pour établir la prééminence et l'utilité de ces nouveaux princes de l'Église Romaine, totalement inconnus dans les premiers siècles de la religion chrétienne. Ils n'en existent pas moins, et leur dignité a été convoitée par ceux-mêmes qui ne voulaient

pas les reconnaître. *C'est une si belle chose que de pouvoir faire un Pape !*

(19) Notre bon Henri IV fut soumis à recevoir à genoux l'absolution du Pape. Les Papes étaient devenus souverains temporels, par les cessions bénévoles de Charlemagne, roi de France. Après la mort de ce prince, ils s'arrogèrent le droit de déposer ses successeurs, de disposer des trônes et des couronnes : on leur rendait foi et hommage pour des principautés et des royaumes : ils plaçaient et déplaçaient des rois. L'hérésie était le prétexte de ces mesures, toujours précédées par l'excommunication. *Voyez* l'histoire des Papes, celle de tous les peuples modernes; particulièrement celle de Naples, de Sicile, de Provence, etc.

La République de Venise a été la seule qui n'a pas été victime de leur intervention, comme le remarque le nouvel historien de cette aristocratie. (*Histoire de Venise*, par M. le comte Daru, pair de France.)

(20) *Il s'en fait chaque jour dans le silence et l'ombre.* L'on veut sans doute ici parler des *jésuites;* lesquels, malgré leur mort violente, ordonnée par les Papes, s'obstinent à revivre, et recommencent à jouer leur rôle en Suisse et en Espagne, etc.

(21) Les antonins, augustins, bénédictins, bernardins, capucins, carmes chaussés et déchaussés, chartreux, cordeliers, célestins, dominicains, feuillans, franciscains, génovefains, jacobins, mathurins, minimes, norbertins, prémontrés, récollets, théatins, victorins, les bons-hommes, les pères et frères de la charité, de la doctrine, de la merci, de l'oratoire, les eudistes, trapistes, lazaristes, nicolaïstes, les frères cordonniers, tailleurs, ignorantins, etc., etc., les uns tondus, les autres rasés; les uns pieds nus, les autres chaussés; les uns barbus, les autres sans barbe, portant tous chacun leur uniforme plaisamment bigarré, blancs, bruns, cendrés, gris, noirs, rouges, avec ou sans chemises, avec ou

sans chaperons, avec ou sans rabats, réunis pêle-mêle, ou marchant processionnellement sur deux lignes, armés de pied en cap, comme au temps de la ligue; quel coup-d'œil à présenter à tous ceux qui, comme moi, n'ont jamais eu le plaisir de les voir! Espérons que la ligue proposée par M. de la Mennais, sera adoptée; nous pourrons alors jouir d'un spectacle aussi agréable que varié.

La révolution a fait disparaître du sol de la France toute cette milice, soumise, par un vœu particulier de son institution, à la volonté des Papes. Mais les ordres n'ont été ni supprimés, ni réduits, ni détruits : ils existent dans des contrées limitrophes. Ils ne possèdent plus rien en France : qu'ils rentrent dans ce pays, où rien n'empêche leur *rentrée;* ils auront bientôt des maisons, des terres.

Presque tous les bâtimens qui servaient de casernes à ces troupes religieuses, existent encore, surtout à Paris, où *tous* avaient des établissemens, sans compter les *établissemens* des religieuses dont le nombre correspondait à celui des hommes.

L'on a *conservé* les noms de chacun de ces ordres à des quartiers, des marchés, des places et des rues, sans doute pour en *conserver* aussi la mémoire ou l'espérance de les y voir un jour rétablis.

(22) Quelques journaux ont annoncé que les jésuites reparaissaient en Espagne, et s'y faisaient remarquer par leur nombre, leur extérieur modeste, contrastant avec celui des autres moines, aguerris par notre injuste et impolitique usurpation. Il faudra dire maintenant, modeste, et non *sournois comme un jésuite.* Ils ont un collège à Berne, etc, etc.

Par une décision formelle, appelée bulle du pape, cette compagnie, dite de Jésus, avait été dissoute; on la croyait éteinte : elle semble renaître de ses cendres. Ces bulles anciennes seraient-elles aussi durables que ces *bulles* de savon, jouets des enfans!

Cette famille pullulait et prospérait en France. Les amis de l'ordre et des principes monarchiques espèrent qu'elle ne tardera pas à y rentrer *officiellement.*

(23) *Des pères de Constance*, *etc.*

Jean Hus ayant manifesté des opinions mal sonnantes e reconnues hérétiques, fut brûlé vif par ordre des pères du concile assemblé à Constance, où il s'était rendu, muni d'un sauf-conduit, pour soutenir ses nouvelles idées.

Les Théologiens les plus exaltés ont peine à colorer les prétextes de ce meurtre juridique, commis, en apparence, contre le droit des gens. J'ai entendu de longues et graves dissertations Théologiques ou *sorbonniques*, sur un fait heureusement mis en oubli, ainsi que le *brûlement de Servet*, ordonné à Genève par Calvin, ce réformateur d'abus, qui ne voulait pas qu'on brûlât à Rome ou en Espagne, et qui faisait brûler à Genève pour des opinions.

(24) *Loin d'éteindre, souvent augmente encor la flamme.* L'expérience des siècles a démontré que plus une secte a été persécutée, plus elle a eu de partisans; que la patience et la persuasion étaient, pour extirper l'erreur et faire triompher la vérité, des moyens aussi efficaces que les feux, les tortures et les baïonnettes.

(25) Je suis intimément convaincu qu'il n'existe aucun Français, de quelque rang, de quelque condition qu'il soit, qui n'ait en horreur les massacres de la Saint-Barthélemy, ceux des Albigeois, et ce qu'on appelle les *dragonnades*, ou les expéditions à main armée, contre les protestans du midi de la France, que les dragons furent chargés de convertir avec leurs sabres.

La Religion n'a été que le prétexte de ces massacres, que l'animosité des partis, l'intrigue et l'ambition, et souvent l'ignorance ont occasionés.

Malgré l'influence qu'à l'abri des guerres de religion, sembla prendre sur quelques Français l'esprit *ultramontain*, introduit et entretenu par la convoitise et l'or de l'Espagne, cet esprit n'a point dominé en France. La majeure partie de la Nation, au milieu des plus grands désordres, demeura inébranlable dans son respect pour la religion, et dans sa fidélité envers ses rois légitimes. Mais si elle a conservé ses droits, ses franchises, ses libertés, elle ne le doit ni aux Évêques, ni aux Prêtres, ni à la Sorbonne : elle le doit aux parlemens. Ceux-ci ont constamment repoussé du sein de la France, et l'inquisition et les maximes *ultramontaines* ; c'est-à-dire, la suprématie des papes sur les rois, sur les conciles, etc., et les doctrines des jésuites et des régicides. Un moment, les Évêques parurent être appelés à juger seuls des crimes d'hérésie, ce qui eût ouvert la porte à l'inquisition : mais L'hospital et les parlemens tinrent ferme, et l'inquisition ne put s'introduire.

Si les parlemens, soit par un excès de zèle pour les intérêts des peuples, soit par la vaine ambition de quelques personnages, ont paru être entraînés dans des mesures désastreuses, telles que le refus de l'impôt du timbre et de l'imposition territoriale, sources, disent quelques politiques, et même quelques *ultra*, des maux de la révolution, l'on n'en doit pas moins rendre justice aux intentions qui motivèrent ces refus, et reconnaître comme les plus grands ennemis de leurs priviléges, le *reconnaissent*, les services essentiels qu'ils ont eux-mêmes rendus à la France.

(26) L'histoire des croisades est connue. Ces croisades ont donné naissance au poëme immortel du Tasse qui, quoique b en apprécié en France par les versions en prose, le sera encore mieux lorsque les beautés en seront reproduites par la lyre harmonieuse de M. Baour-Lormian, qui l'a traduite deux fois, et le traduira une troisième.

Les Français ont joué le principal rôle dans ces expéditions lointaines dont ils furent toujours les dupes et les victimes. Un saint Roi, l'un des plus sages législateurs, y perdit un de ses enfans, ses trésors et la vie.

Je ne présume pas que les Rois modernes se croisent désormais, du moins pour des motifs religieux, semblables à ceux qui dirigèrent la croisade contre les Albigeois.

Nous les avons vus tous croisés, mais pour une cause qui avait plus de rapport à la politique et à leur sûreté personnelle qu'à la religion.

(27) *Quand par nos soins remis*, etc.

Les Templiers, brûlés et détruits sous Philippe le Bel, étaient très-riches. L'on prétend que leurs grands biens furent la cause de leur perte, et que ces biens passèrent entre les mains de leurs accusateurs.

Voyez la tragédie, imprimée, des *Templiers*, les notes et les remarques qui les concernent.

L'histoire de Malte est très-répandue; plusieurs chevaliers de cet ordre, disséminés dans toutes les contrées de la chrétienté, existent. Où étaient-ils quand Malte a été attaquée? Pourquoi, à l'exemple de leurs prédécesseurs, n'ont-ils pas essayé de s'ensevelir sous les ruines de leur ville et de leur ordre? pourquoi, etc. Ces pourquoi et ces questions ne finiraient pas. Ils étaient souverains; ils ont été dépouillés; justice a été rendue à tous les *souverains*; ils n'ont rien obtenu, ils réclament vivement. Pourquoi seraient-ils oubliés? Serait-ce parce qu'ils sont religieux, et par conséquent soumis aux ordres immédiats du Pape? Mais les Papes ne gênaient guère ces religieux guerriers, redoutés de tous les pirates *barbaresques*, auxquels ils faisaient une guerre constante et vigoureuse.

L'ordre Teutonique possédait de très-grands biens qui se trouvent dans les mains de divers souverains, particulièrement en Allemagne. Ceux-ci ne sont pas, je le crois, très-disposés à s'en dépouiller pour enrichir les Templiers, les Chevaliers de Malte, et autres à rétablir.

(28) Les Missionnaires, prêtres séculiers, dont le ministère est de prêcher par-tout l'Evangile, mais plusparticulièrement d'en porter la connaissance aux nations païennes, appelées, je ne sais pourquoi, *infidelles, ou sans foi;* ce qu'ils ont fait et font encore avec beaucoup de zêle, de succès et un dévouement sans bornes. Ils payent souvent de leurs vies le bonheur d'annoncer et de faire connaître le seul et vrai Dieu.

Ceux qui sont actuellement occupés dans nos campagnes et dansnos villes à rallumer ou à entretenir le flambeau de la foi, à y planter ou à y replanterle signe sacré de notre rédemption, ne plaisent pas, dit-on, à tout le monde. Leur zèle que l'on accuse de n'être pas tout à fait gratuit, mais à tort sans-doute, les emporte, suivant quelques personnes, un peu loin. Ils parlent plutôt, disent-elles, des biens et des maux passés, que du bonheur présent et futur que nous garantit la charte. Je ne les ai ni vus, ni entendus: tout ce que je sais, c'est qu'ils doivent prêcher l'Evangile, annoncer la parole d'un Dieu de paix, modèle de patience, et de toute sorte de privations. Que veulent-ils, ou que peuvent-ils vouloir de plus?

Saint-Ignace de Loyola, institua, pour en faire des Missionaires, une *compagnie* devenue, en peu de tems, presqu'une nation, ayant un royaume, au Paraguay, je pense. Cette compagnie, comme il a déjà été remarqué, sort du tombeau, où, pour de très légitimes raisons, elle avait été *déposée* par les papes eux-mêmes.

J'ai écrit: *tous les Doctrinaires :* parcequ'il paraît exister maintenant deux espèces de Doctrinaires, les anciens membres de la doctrine chrétienne, qui doivent survivre en petit nombre, (si vous n'y comprenez pas les frères) et les membres nouveaux de certaine association *ignorantine*, qui cherche, de jour en jour, à devenir plus nombreuse.

(29) *Il aura des miracles.*

L'on représentait autrefois sur ces théâtres publics, les miracles de la naissance, de la mort, de la résurrection de notre sauveur. J'ai long-temps eu à ma disposition un exemplaire d'une pièce intitulée : *la Passion de Jésus-Christ tragi-comédie en vers burlesques.*

(30) Les *Auto-da-fé* sont heureusement inconnus en France, à moins que l'on ne donne ce nom au supplice inique d'*Urbain Grandier*, curé de Loudun, brûlé comme sorcier d'après la sentence d'un juge, *commissionné* par le cardinal de Richelieu.

C'était autrefois en Espagne, une grande et grave cérémonie religieuse dans laquelle on menait, en chantant des psaumes, pour les faire brûler de suite, sur la principale place de la ville, des juifs, des renégats, des protestants, des infidèles, des pécheurs, que l'on avait eu le soin de convertir auparavant, ou de faire rentrer dans le giron de l'Église.

Les compères, accusés d'un commerce charnel avec leurs commères ; les soi-disant sorciers, ou sorcières, les escamoteurs, les tireuses de carte, les devineresses, passaient par les mains de MM. les inquisiteurs, au jugement desquels, il suffisait quelquefois pour être brûlé, d'avoir mangé, le vendredi, un morceau de vieux lard.

Les inquisiteurs étaient ordinairement des religieux dominicains autrement dits *jacobins.*

(31) *Des motets* : Morceaux de musique, quelquefois un peu profanes, entremêlés, dans les fêtes, aux chants graves de l'Église.

(32) *Le voyage de Jérusalem.* Relation qui fera époque dans les annales des voyages, par la véracité de l'écrivain et la fidélité des tableaux. Il est malheureux, ainsi que l'a remarqué un ami de l'auteur voyageur, que M. Prévost, ait

aussi fait ce pélerinage et que les résultats en soient exposés à tous les yeux, dans son *Panorama.*

(33) *Quant à la bible entière il ne la lira plus.*

La Bible entière se compose de l'Ancien et du NouveaT tament.

L'Ancien Testament comprend toute l'histoire des Juifs depuis la création du monde : le déluge, la vocation d'Abraham, la loi de Moïse, avec les rites et les cérémonies religieuses, le livre des rois, les nombreuses prophéties, les psaumes de David, les proverbes et les livres attribués à Salomon, l'histoire de Job et le cantique des cantiques.

Le Nouveau, renferme la loi de Jésus-Christ, ou le complément de la loi ancienne, publiée par quatre Évangélistes, les actes des Apôtres, les épîtres de Saint Paul, de Saint-Jacques, de Saint-Pierre et de Saint-Jean et l'Apocalypse La lecture entière de la Bible, quoique reconnue par toute l'Église, n'a jamais été recommandée par les docteurs romains, qui ne voient pas lire, avec plaisir, le livre des rois, les observations faites au nom de Dieu au peuple juif qui demandait un roi, le livre des juges, l'histoire des Machabées, et autres partisans de la doctrine de *Judas le Galiléen*, ou Gaulan, qui, au rapport de Joseph, livre 18, chapitre 2, des Antiquités Judaïques, aimaient mieux sacrifier leurs vies, leurs biens, que d'appeler un roi, un prince, un homme quelconque, seigneur et maître : surtout ils écartent des mains des fidèles le cantique des cantiques, qui, sans interprétation et sans allégorie, ne paraîtrait offrir que des images et des idées *luxurieuses.*

(34) *Société biblique.* Société peu connue en France : elle fait imprimer, et distribuer à ses frais, un grand nombre d'exemplaires de la Bible, afin de répandre la connaissance de l'Évangile et des livres saints. Mais on dit que toutes les bibles ne se ressemblent pas. Il y a des bibles luthériennes,

calvinistes, jansénistes et molinistes. Les bibles même des juifs ne sont pas semblables entr'elles ; car il y en a avec ou sans points, c'est-à dire sans voyelles. S'il n'y a point de différence essentielle, dans le texte hébreu, il peut s'en trouver dans les traductions. La version des Septante n'est pas exempte de critiques. Chaque interprète a donc suivi son système, son opinion, sa doctrine particulière ; par conséquent la bible de Luther ne peut pas être la bible de Saint-Jérôme, ni la bible de Louvain la bible de Genève. Enfin, il y a bibles et bibles, comme il y a fagots et fagots.

(35) *Illuminés obscurs*, etc.

L'Angleterre et la Hollande, sont encore remplis de sectes soi-disant chrétiennes : les illuminés, les puristes, méthodistes, évangéliques, trembleurs, anabaptistes, etc.,

Quoique toutes ces sectes paraissent avoir adopté pour base le fameux *Compelle intrare, force-les d'entrer*, elles se supportent et vivent en paix entre elles, sous la protection et la surveillance du gouvernement.

Il serait à désirer qu'il n'y eût qu'un seul dogme, qu'une seule et même discipline ; mais comment parvenir, même par des miracles, qui n'ont pu persuader les juifs, à ce point de perfection spirituelle et temporelle, avec tant d'intérêts, tant de passions entièrement opposées.

Il n'est pas facile de résoudre ce problème. Les données offertes par M. l'abbé de la Mennais ne paraissent pas suffisantes. Nous en attendons incessamment de nouvelles.

(36) L'on a sans doute voulu parler de Charles Ier, roi d'Angleterre, décapité à Londres par ses sujets, et de Louis XVI : *voyez*, au sujet du dernier, l'avertissement en tête de l'épître.

(37) *Les libéraux* : ainsi sont désignés par les *ultra*, qui aiment plus, dit-on, la royauté que le roi lui-même et son

auguste famille, les partisans du système représentatif, de l'égalité des impositions, du jury, du droit de pétition, de la liberté de la presse, etc.

(38) *La verge d'Aaron.* Cette verge ou baguette est connue de tous ceux qui ont lu la bible, ou l'histoire des juifs; ces derniers pourraient nous apprendre ce qu'elle est devenue.

(**) L'hérésie! Vont s'écrier les ultramontains!

Dont il doit rendre compte à l'église elle-même.

Le pape rendre compte! Le pape, vicaire de Jésus-Christ, ne doit rendre compte à personne; il est infaillible en tout. Si le pape est en tout infaillible, qui est-ce qui le rend infaillible? Est-ce son accord avec l'église entière, c'est-à-dire l'assemblée de tous les fidèles, reconnaissant un seul chef spirituel, à savoir, au ciel, Jésus-Christ, et un chef visible sur terre? Ou bien, est-il infaillible par l'effet seul de sa nomination et de son intronisation, et sans l'accord de tous les fidèles réunis, et malgré eux?

Si le pape dit qu'il n'y a point d'Antipodes; s'il condamne un Galilée à convenir, les genoux en terre, que la terre ne tourne pas; *s'il ne marche pas même droit en religion?* La chose est impossible: elle était possible, au moins du temps de St-Pierre lui-même. En effet l'apôtre St-Paul, qui le reconnaissait pour le chef, la pierre fondamentale de l'église, s'exprime ainsi textuellement, dans le verset 14 chapitre 2, de son épître aux Galattes: *Voyant qu'il ne marchait pas droit au vrai but de l'Evangile, j'adressai ces reproches à Céphas (ou Pierre) devant tous les fidèles: Si vous qui êtes juif, vivez à la manière des Gentils, et non à la manière des juifs, comment forcez-vous les gentils à vivre à la manière des juifs?* et quoique St-Pierre les autorisât et les forçât à *judaïser*, St-Paul le leur défend expresément dans le chapitre suivant.

S'il est simoniaque, intrus? « cela ne se peut pas. » S'il y en a deux nommés à la fois? Oh! cela n'est arrivé qu'une fois, et le schisme n'a duré qu'environ quatre-vingts ans. Mais ce mal n'aura plus lieu, grâces à l'utile institution de nos modernes cardinaux, et à la *formalité* du conclave. Vous savez que le conclave est une espèce de jury ecclésiastique. Les cardinaux, qui en sont membres exclusifs, sont renfermés et ne sortent qu'après avoir élu à la pluralité des voix; l'un d'entre eux pour pape. »

Ce qui est arrivé, ce qui a duré quatre-vingts ans, peut arriver et durer encore. Le Pape meurt : des cardinaux, en nombre quelconque, se renferment dans le conclave, et nomment un pape. D'autres cardinaux, en pareil nombre, empêchés par suite de guerres, d'événemens politiques, de doctrine même, se réunissent aussi en conclave, et choisissent un autre pape. Quel sera lebon? Il ne peut y avoir, dites-vous, qu'un conclave? La question n'est pas décidée, ou si elle l'a été, cette décision n'est pas unanimement reçue : mais en fin, cette scission peut avoir lieu. A quels signes reconnaîtra-t-on le vrai pape? Qui indiquera ces signes? Chaque faction de cardinaux soutiendra celui qu'elle aura élevé : chacun même de ces cardinaux aura un parti.

Les rois et les princes, qui ne sont jamais étrangers aux choix des papes, prendernt en main la cause de ceux qu'ils favoriseront. Il y a pourtant un remède à ce mal : vous le connaissez bien. Avouez franchement que c'est l'assemblée générale de tous les fidèles, qui, représentée par leurs évêques, leurs prélats, leurs pasteurs légitimes, forment ce qu'on nomme un concile. Devant ce concile comparaîtront les deux élus, soit en personne, soit par légats; il sera procédé à l'examen de leur élection, de leur doctrine même, etc. Ces conciles, surtout quand ils sont œcuméniques, sont supérieurs aux papes; leur infaillibilité en matière de dogme, et pour ce qui concerne la foi, est reconnue; ils ont donc une suprématie sur les papes, quoique ces derniers les convoquent et les président. Oh ! non, les conciles, dites-vous, ne sont point supérieurs aux papes. Eh bien ! nous ne pensons pas comme vous, MM. les ultramontains : nous croyons les conciles supérieurs aux papes : et quand les papes outrepassent leurs pouvoirs, nous en appellons, comme d'abus, aux futurs conciles : encore les décrets de ces conciles n'ont-ils force de loi pour nous, que lorsqu'ils fixent le dogme : car pour tout ce qui regarde l'administration particulière, la discipline, le régime intérieur des églises, vous savez que ces décrets ne sont point aveuglément admis. Le concile de Trente en fournit une preuve en France, où ses réglemens de discipline ne sont point reçus. Faisons donc ~~ce que~~ faisaient les rois, les empereurs, les princes, déposés, interdits, excommuniés, ~~et même les~~ jansénistes, etc. Appelons-en aux futurs conciles, et laissons le peuple tranquille, étranger à toutes ces questions qu'il n'entend pas plus que nous, et peut-être pas plus que ceux qui voudraient lui ~~parler~~ *de pape, de concordat, etc., etc.*

www.ingramcontent.com/pod-product-compliance
Ingram Content Group UK Ltd.
Pitfield, Milton Keynes, MK11 3LW, UK
UKHW021117230726
13926UKWH00002B/534

9 782014 069372